이 책을

애쓰고 사는

_____ 님에게

드립니다.

애쓰지
마세요

국립중앙도서관 출판예정도서목록(CIP)

애쓰지 마세요 / 지은이: 김계숙. -- 서울 : 초록비책공방, 2014

　　p. ;　cm

ISBN 979-11-951742-6-3 03810 : ₩14000

한국 현대 문학[韓國現代文學]

818-KDC5

895.785-DDC21　　　　　　　　　CIP2014029535

애
쓰
지
마
세
요

풍요로운 삶을 위해 우리에게 꼭 필요한 말

김계숙 지음

책공방 초록비

애쓰지 마세요

애쓰다 보면 집착이 생기고
내가 했다는 아상이 커져서
잘 하려는 생각에 분노하는 마음,
많이 하려는 생각에 욕심내는 마음,
내가 안다는 생각에 어리석은 마음에
마음이 흥분되어 정신이 흩어집니다.

애쓰게 되면 긴장하게 되고
긴장되면 나도 모르게
내가 원하는 결과를 밀어냅니다.

모든 일은 마음상태에 따라 결과로 나타납니다.
우리가 누구를 도와줄 때 상대가 불쌍해서 도와주게 되면
불쌍한 마음을 내 마음에 심는 것이 되어
나도 모르게 내가 불쌍해지는 일이 발생합니다.

예전 아시던 분이 본인은 친구가 불쌍해서 도와줬는데
그 친구 도와주다 본인 상황이 불쌍해졌다고
어떻게 이럴 수가 있냐고 하셔서 설명해드린 적이 있습니다.
불쌍해서 도와주는 게 아니라 주고 싶어서,
주면 내 마음이 즐거워서 줘야 한다고
어떤 생각으로 하느냐에 따라 내 마음 상태가 변하고,
그에 따라 결과로 나타납니다.
내 마음이 슬프면, 달이 처량 맞아 보이고
내 마음이 기쁘면 달이 아름다워 보입니다.
애쓰지 말고 마음을 아름답게 씁시다.

contents

1

맑은 정신

이 세상에 믿을 건 내 안의 맑은 정신

정신이 맑으면

편안한 마음을 유지.

세상으로부터 보호받게 된다.

정신에 대하여

정 : 정성을 들여서 거칠지 아니하고 매우 곱다, 깨끗하다,
　　　가장 좋다, 순수한, 정제한, 대단히
신 : 신령, 마음, 해박한, 사람, 영묘하다, 소중히 여기다

내 안의 에너지가 모여 정신이 깨어나면
바른 정신이 모든 것을 주관하도록
나의 의지를 내려놓고 맡기세요. 최상의 삶을 살게 됩니다.
자연의 순수한 에너지를 가까이 하세요.
신성이 깃든 정신이 깨어납니다.

의식의 차원이 높아지면 1

의식의 차원이 높아지면 생각이 현실이 됩니다.
몸으로 애쓰는 것보다 생각의 차원을 높여 생각하면
훨씬 쉽고 빠르게 성취됩니다.
생각의 차원을 높여 신나게 삽시다.

의식 차원이 낮은 사람은 내 것부터 챙기고
의식 차원이 높은 사람은 상대부터 챙깁니다.
의식의 차원이 높아지면 분별력이 생기고
전체가 멀리까지 보여
정확한 판단을 하게 됩니다.

광물의 의식
식물의 의식
동물의 의식
인간의 의식
신의 의식
구별 되세요?

나의 의식은?

신의 의식으로 삽시다

하나님의 때는 '바로 지금'
결단만 하면 됩니다. 진정으로.
인간의 때는 조건이 맞아야 하지만 하나님의 때는
마음먹고 결단만 하면 '지금' 바로 결과로 나타납니다.
내 결단을 방해하는 것들로부터 스스로를 지키십시오.

내 상태를 최고로 유지하려면 계속 발전해야 합니다.

머무름은 후퇴입니다.

같은 상황에서 반복은 감동을 주지 않습니다.

뇌는 새로운 것 혹은 순수한 것에 감동이 옵니다.

뇌를 감동시키세요.

새로운 것을 계속 찾던가,

비우고 비워 순수해지던가.

뇌의 에너지는 무한하기 때문에 뇌를 감동시키면

무한한 뇌는 감동된 만큼 유한해져서

보이는 현실로 나타납니다.

내 안의 신성을 찾기 전에는

인간의 한계에 도전해서 극복해야 할 대상이 있는지 알았습니다.
신성을 만난 뒤에는 원하기만 하면 된다는 것을 알았습니다.
그 전에 마음이 밝아야 합니다.
정신이 맑아야 합니다.
애써야 할 것은 이 두 가지뿐입니다.

우리의 의식을, 신의 의식으로
고요히 하라. 내가 신임을 알라.
성경의 하나님 말씀.
마음이 고요하고 정신이 맑으면…
내가 생각하는 것을 내가 받아들이면,
그 생각이 현실이 됩니다.

정신과 물질은 같다

보이는 물질과 안 보이는 정신은 같은 에너지
세상 사람들은 보이는 물질을 얻기 위해
노력하며, 애쓰며, 남과 경쟁하지만
참된 신앙인들은 안 보이는 정신의 수준을 높이기 위해 나와 경쟁한다.

정신이 맑아지면 안 될 일이 없으며
해야 할 일, 하지 말아야 할 일을 알게 되며
삶이 심플해진다.
그래서 시간이 여유로워진다.

마음공부란 정신수준을 높이기 위해 필요한 공부이며
우선 마음을 비우기 위해 보이는 물건부터 버려
공간을 깨끗하게 만들어야 한다.
마음공부 한다며 사는 공간이 너저분하다는 건
마음이 진실하지 않다는 증거.
그래서 삶도 너저분해진다. 쓸데없는 일이 자꾸 생긴다.
무엇보다 중요한 건 맑은 정신, 깨끗한 마음으로 내 인생의 주인이 되어
건강하게 풍족하게 나누며 살아가는 것

궁리 끝에 악심이 생깁니다

●

의식의 차원이 높아지면 어떤 일을 함에 있어서
조건이 필요 없다는 것을 알게 됩니다.
다만 할 것인가 말 것인가
결단이 필요할 뿐.
그래서 살아있음에 감사만 나옵니다.

● ●

어떤 일을 행함에 그 뜻에 생각과 마음이 향하면
그 일은 이루어집니다.
그러나 내 욕심에 생각과 마음이 향하면
방법을 찾아 이리저리 해보다
그 일이 이루어지기 전에 지치게 됩니다.
항상 결과에 한결같은 마음을 두고
방법을 궁리하지 맙시다.
궁리 끝에 악심이 생긴다 합니다.

정신이 맑아지면

●

지금 해야 할 일을 하게 됩니다.
지금 필요한 생각을 하게 됩니다.
지금 필요한 기도를 하게 됩니다.
삶이 단순해지며 풍족해집니다.
일상이 즐거워집니다.
매사가 감사하게 생각됩니다.

● ●

무의식에 저장된 마음과 생각을 다스릴 수 있다면
세상을 다스릴 수 있습니다.
심신이 안정되어 의식이 현재에 있으면 가능합니다.

파스칼의 지혜의 글

●

모든 인간의 불행은 한 가지로부터 생겨납니다.
그것은 방 안에서 혼자 조용히 앉아 있는 법을
알지 못하기 때문입니다.
뭔가 중요한 문제에 맞닥뜨렸을 때
그것에 휘둘림 당하지 않는 확실한 방법은
그 문제에 대해 생각하지 않는 것입니다.

● ●

정신일도 하사불성
정신을 모아 한 가지에 집중되면 안 되는 일이 없습니다.
정신을 모으는 과정 중에 무의식 속에 저장된
생각과 감정이 기억나면
그때마다 알아채면 사라집니다.
나중에는 마음이 가볍고 이유 없이 즐거워집니다.

집안에 물건이 많으면

물건 사이에 먼지가 쌓여 공기가 무거워집니다.
은식기가 좋은 이유? 닦으면 항상 반짝반짝하니까요.
우리 마음도 매일 씻지 않으면 어두워져 영성이 어두워집니다.
마음은 얼굴로 나타납니다.
단순, 간단해야 앞을 막는 게 없습니다.
지금 해야 할 것들을 바로바로 할 수 있습니다.
세상일 쫓느라 마음 급해지면 실수하게 되고 몸이 힘들어집니다.
지금 처리할 걸 미루면 영원히 현재가 없습니다.
바른 정신으로 생각을 지키려면 마음의 안정이 우선이고
집의 정리정돈, 청소가 필수입니다.

바른 가치관을 가져야 하는 이유

바른 가치관에 따라 생각하며 행동하면
일관성이 있어서 생각을 지키기 쉽고
생각대로 순조로운 삶을 살게 됩니다.
보이는 물질이나 명예에 가치를 두게 되면,
보이는 대로 변하는 대로 바삐 쫓아가다 보면,
생각과 마음 또한 변해 버려 결과로 나타나기가 어려워집니다.
사심이 없어지는 무심의 순간,
번뜩이는 직관이 떠오릅니다.

일심으로

·

세상을 살아가는 데 있어 건강한 정신이 참으로 중요합니다.
어떤 경우에도 객관적으로 볼 수 있어야 합니다.
환경이나 정보에 휘둘리지 않고
내 밝은 정신이 주체가 되어
바른 생각과 바른 행동을 하면 여유 있는 삶을 살게 됩니다.

· ·

맑은 정신 유지하면
순간적 감정에, 상황에 정신 뺏기지 않습니다.
궁리 끝에 악심 생긴다고 이리저리 생각하지 않습니다.
우리의 본성에 맡겨 가장 적당한 때에 맞춤 해결을 하게 됩니다.
담대하게 신념을 지킬 수 있습니다.
여유가 많이 생겨 사색할 수 있는 시간이 충분하게 됩니다.

현실과 타협하지 마세요

마음 가면 무조건 하세요.

돈을 써야 하면 쓰세요.

마음으로라도 원하고 결단하세요.

돈 때문에 포기하지 마세요.

마음이 가는 거 알아차리려면 정신이 맑아야 해요.

그래서 환경이 중요해요.

정신이 산만해지는 환경에선 정신 차리기 어려워요.

소매치기도 정신없을 때 당하니까요.

음식도 자극이 강하면 흥분되어 정신을 놓게 돼요.

차분한 마음으로

보이는 것에

들리는 소리에

냄새에

정신을 안 뺏기면

이 세상은 살만한 세상이 될 거예요.

고요한 집중 그것뿐입니다

고요한 환경은 필수.
정신을 시끄럽게 만드는 TV를 안 보는 이유입니다.
이제 더 이상 지식을 얻기 위해 시간을 허비하지 않아도
못하는 것을 잘하려 애쓰지 않아도
내 생각과 마음만 알아채어 주의하면 됩니다.
간단하지만… 쉽지는 않습니다.

진실은 마음을 움직여 저절로…

진실한 제품을 만나세요.
진실한 사람을 만나세요.
진실은 내 마음을 움직여,
내 안의 잠재의식을 움직여
저절로 저절로
행함이 없이 이루어지게 합니다.

땅의 일은 시간과 노력이 필요합니다

•

하늘의 일은 지금 바로.
땅의 일은 결실 맺으려면 시간과 노력 통해
차곡차곡 쌓여야 합니다.
하늘의 일은 정신 차리고 의식을 모으면 됩니다.
각자 하고 싶은 좋아하는 방법을 정하세요.
땅의 방법이든지
하늘의 방법이든지
기쁘고 건강하게 삽시다.

• •

정신의 힘은 강력해서
작은 힘으로도 큰 것을 움직일 수 있습니다.
물질의 힘은 많아도 움직이려면 항상 부족합니다.
정신의 힘을 사용하려면
머릿속과 생활환경부터 정리해야 합니다.

의식의 차원이 높아지면 2

생각이 단순해집니다.
시간, 공간의 여유가 많아집니다.
삶이 풍족해집니다.
마음이 행복해집니다.
건강하게 살게 됩니다.

내면이 고요해지면 집중이 됩니다

죄의 원래의 뜻.
'그 자리에 의식이 없다.'

양심이 밝고 밝아지면 참 진리.
모든 것의 근본은 밝고 밝은 양심.
본래의 마음은 밝고 밝은 신성의 빛이 있어서
스스로 밝음을 구한다.

빛이 비추면 어둠은 사라집니다

희망, 꿈, 깨끗함, 밝음을 바라보고 있으면
근심, 걱정들 어두운 기운은 사라집니다.
내 안의 어두운 기운 없애려 어두움에 집중하려 마시고
밝음을 바라보세요.
그럼 밝아집니다.
무엇을 바라보는지가 중요합니다.
아침에 일찍 일어나야 하는 이유입니다.
태양빛을 바라보면 희망이 살아납니다.

빠르게 성취하려면

목표를 쉽고 빠르게 성취하려면
내 생각과 사심이 없어야 한다.
단지 목표만 바라보면 된다.
아는 지식이 방해된다.
감정이 방해한다.
새털 같은 가벼운 마음만 필요.
마음을 비우려면 눈에 보이는 공간부터 심플하게 비우는 게 순서.
그 다음 감정을 비우고
생각을 비우면
어느 사이 목표에 도달.

생각의 변화속도

색즉시공 공즉시색
양자물리학에서 진공 속에는 10의 94승에 맞먹는
에너지 존재한다고 하네요.
물질을 구성하는 것은 더 이상 물질이 아니라
생각, 개념, 정보, 감정.
시대가 변했는데 나의 생각 변하는 게 너무 더디네요.

정신 = 물질
마음 = 물질
생각 = 물질

전체가 상태를 형성.
나의 상태를 좋게 만드는 게 최상.

정신이 차분해지면

•

미리미리 준비가 되어 있어 허둥대지 않는다.
쓸데없는 일에 신경 쓰며 에너지 낭비하지 않는다.
즉시 몰입 가능하다.
신속하다.
매 순간 집중하게 된다.

• •

원하는 것에 정신집중하고 마음이 홀가분해지면
그 일은 저절로 되던지
누가 도와주던지
현실에 나타납니다.
정신 차리고 살면 매일매일 감사가.

시행착오

정신이 차분해지면 지금 할 일들 지금 합니다.
들뜨면 나중에 해야 할 일을 지금 하려 합니다.

물질에 가치를 두지 않으면,
바른 정신에 가치를 두면,
집착과 분노, 어리석음…
부질없는 것에 정신 뺏기지 않고
가볍게 신나게 살 수 있는데
그냥 단지 원하면 되는데
하려고 하지 말고…

내 삶에 가장 중요한 것은

숨 쉬는 것, 먹는 것, 쉬는 것, 입는 것
기본이 제대로 충족되어야 그 다음 단계로 발전될 수 있듯이
참아가면서 하면은 일시적으로 가능하지만
결국은 지쳐 멈추게 됩니다.
결국은 나에게 에너지 공급하며 키워가는 건데
현재 모습을 보면 에너지가 제대로 공급되는 건지
아닌지 알 수가 있습니다.
정신과 물질은 같이 성장하지 않으면 서로 방해가 됩니다.

정신이 맑아지면 순간 명상이 쉽게 됩니다

정신이 맑아지면 순간 명상이 쉽게 됩니다.
불필요한 생각과 감정을 알아차리게 됩니다.
삶이 단순해지고 수준이 높아집니다.
가치 있는 것을 쉽게 알아차리게 됩니다.
매순간 선택이 쉬워집니다.

정신 차린 증거로 여유가 생긴다

걸음이 안정되고 빠르다.
(넋 놓고 걸으면 터덜터덜 걷는다.)
매 순간 원하는 생각만. 다른 생각 들어올 틈이 없다.
남의 말에 솔깃하지 않고 내 중심이 단단히, 상식이 통한다.
선견지명이 자연히 되어 미리미리 준비하니 여유롭다.
핵심 파악이 자연이 된다.
내 마음이 파악되고 남의 마음이 파악된다.
뭐든지 속전속결
판단이 정확하다.

여유가 없어지면

내 생각, 내 감정이 하나가 되어 전체가 안 보입니다.
기본을 해결하는 게 아니라 당장 눈앞의 일만 해결하게 됩니다.
본질이 해결돼야 전체가 해결되는데
항상 절박하거나 절실하거나 해서 결국 지치게 됩니다.
문화 민족이라 함은 기본을 중시하고 바른 정신의 중요성을 아는 민족.
현대에 예의와 신의가 중요한 이유.
양심이 있어 양심을 무시하면 스스로 자신을 못 믿게 되어
자연스런 기도가 안 됩니다.
무엇을 하던지 억지로 하게 되어 결과가 안 좋습니다.
애써야만 되어 건강이 나빠집니다.

정신줄 절대 놓지 마세요

몸이 힘들고 마음이 힘들어도 정신줄을 놓지는 마세요.
어떤 경우에도 희망을 포기하지 마세요.
한번 정신줄 놓으면 다시 정신 돌아오기 너무 힘들어요.
마음을 편안하게 생각을 지키면 돼요.
희망을 갖되 나의 의지만 포기하면 이뤄져요.
나의 의지를 포기하고 희망은 끝까지 붙잡으세요.

정신없이 하는 행위를 인식합니다

•

정신없이 하는 행동, 말, 생각은 무의식으로 하는 거라
기억이 나지 않습니다.
기운이 부족하면 정신이 나가고, 정신없이 살다보면
원치 않는 인생 살게 됩니다.
정신 차려 살아야 행복하게 살 수 있습니다.
내 정신을 흩트러지게 하는 모든 것들 정리하세요.
정신이 맑아지면 저절로 알게 되는 것들이 많아집니다.

일을 시작하기 전 머릿속으로 처음부터 끝까지 구상을 한 번 해봅니다.
머릿속에서 완성되면 그 다음 현실에서도 쉽고 빠르게 됩니다.
정신이 맑지 않고 마음이 안정이 안 되면
말과 행동이 앞서며 시행착오를 겪게 됩니다.

• •

조심해야 할 것은 상대가 아니라
내 생각, 행동, 마음, 언어인 것을 이 밤에 알게 됐다.
사람들은 너무 쉽게 조심하라는 충고를 하지만
정작 조심은 나에 대해 내가 해야 하는 것.

반드시 해야 할 일은 기쁘게 하기

기본을 무시하고 진행하면 결국 가다 멈춤.
마음 급하다고 먼저 간다고 빨리 갈 수 없듯이,
애쓰다 병원 가면 빨리 간 보람도 없듯이,
빨리보다 제대로 하는 게 중요합니다.
마음 급할수록 심호흡하면서 정신 차려 제대로
항상 내 상태를 점검하며
제대로 가면서 속도내기

힘 빼세요, 애쓰지 마세요

이완된 상태에서 정신의 힘이 모입니다.
가장 강력한 에너지는 정신에서 나옵니다.
정신의 힘을 사용하세요.
그러기 위해 환경의 고요함, 깨끗함, 심플함이 필수입니다.

고차원

•

고파동으로 올라갈수록 집중시키는 힘
저파동으로 갈수록 흩어지게 하는 힘
좋은 에너지는 힘을 보태고,
저급 에너지는 힘을 뺍니다.
이 세상은 힘의 논리입니다.
성경 말씀, 부처님 말씀도 모두 고파동
진리를 붙잡고 살다보면 스스로 고파동으로 연결됩니다.
단순하게 품격 있게 살아야 하는 이유

지금 이 순간에 집중하세요.
내 상태가 행복, 기쁨으로 가벼워질 때 내 현실이 풀립니다.
밥 먹을 때 밥 먹고
일할 때 일하고 잘 때 잡니다.
매 순간 집중하세요.

• •

의식의 차원을 높이면 생각이 커져서
세상의 사사로운 일에 생각이 매이지 않습니다.
보이는 세상에 생각을 뺏기지 말고
안 보이는 진리에 뜻을 두고 삽시다.

고결한 뜻

세상을 유익하게 하는 뜻을 품으면
하늘이 도와 뜻이 이뤄지고
뜻을 품은 나까지 저절로 좋아집니다.
나만을 위한 뜻을 가지면 나 홀로 노력하다가
몸이 지치면 마음도 지쳐 뜻 자체를 놓치게 됩니다.
그래서 큰 뜻을 품어야 하고 그러기 위해
간결하게 청결하게 단아하게 살아야 합니다.

침묵은 권능

흐트러진 힘은 소음이고
집중된 힘은 침묵입니다.
우리는 집중을 통하여
우리가 가진 힘을 한 곳에 모을 수 있습니다.
침묵 속에서 하나님과 하나 되고
그의 모든 권능과도 하나 됩니다.
외면에서 내면의 침묵으로 돌이켜야만
하나님과 의식적으로 하나 될 수 있습니다.

하늘을 바라보며 삽시다

세상을 바라보면
애써야 하고
알아야 하고
돈이 있어야 하고 시간이 필요하고
조건이 필요하지만
하늘을 바라보면가슴이 뻥 뚫린다.
생각을 마음으로 받아들이면
하늘이 도와서 이루어지게 된다.
하늘을 바라보며 삽시다.

지금

일상의 생활은 나를 현재에 머물게 해준다.
현재에 머물 때 행복한 감정이 생긴다.
일, 사업, 공부 등으로 마음, 생각, 정신을 빼앗겨
일상의 무관심해질 때 몸을 혹사하게 되고
마음이 지쳐 삶이 건조해진다.

명품

빛, 에너지, 부드러움, 품위, 정신적 여유를 주는 것
조심성이 몸에 배여 있지 못하면 사용하지 못하는 것
사서 갖고 있을 수는 있겠지만 사용하기는 쉽지 않은 것
익숙해지기까지 시간 필요한 것
실크, 백토, 크리스털, 은식기류.
일상에서 자연스럽게 명상이 된다.
깨어있지 못하면 명품 사용이 쉽지 않다.

성공에 대하여

세계는 대단히 빠르게 변하고 있다.
이젠 큰 기업이 작은 기업을 이기는 것이 아니라
빠른 기업이 느린 기업을 이길 것이다. — 루퍼드 머독

환경의 정리정돈, 마음의 정리정돈, 생각의 정리정돈,
정신의 정리정돈이 된 사람이 세상을 다스리게 될 것입니다.
준비가 되었으면 스타트가 빠르고 도착도 빠릅니다.

쉰다는 것은

몸, 마음, 정신까지 쉴 수 있어야 하는데
호텔 사우나에도, 습식 사우나 안에도 TV가 있다.
시끄러운 환경에서 어떻게 쉴 수 있는지
더군다나 마음대로 전원 차단도 안 되는
시끄럽고 유해환경 속에서 어떻게 정신 차릴 수 있는지.
조용히 깨끗하게 정신 차리고 삽시다.

근본을 해결해야 함

정신없이 살다보면 삶의 위기 순간이 왔을 때
근본해결이 아니라 급한 것만 해결하게 됩니다.
그러다 보면 계속 반복되는 상황이 오고
하다하다 지치면 정신줄까지 놓게 됩니다.
근본이 해결돼야 원인이 사라져 반복되는 일이 사라집니다.
당장은 힘들다고 생각되어도 근본을 해결해야
시간도 돈도 절약됩니다.
힘들수록 조용히 혼자의 시간을 가져보세요.
가만히 있을 수 있는 차분한 백토공간이 필요한 이유입니다.
화학제품은 마음을 불안하게 만들어
불필요한 생각과 행동을 유발해
나를 더 힘든 상황으로 몰아갑니다.

완전한 나와 배워가는 나

우리는 이미 신의 형상으로 완전하게 태어났는데
그 완전함을 믿는다면 이 세상에 사는 게 얼마나 신날까?
세상은 우리가 불완전하다고 배우고 노력해야 한다고
그래서 정신없이 배우며 애쓰다 허망하게 세상을 떠나게 만든다.
욕심, 집착, 분노에서 만든 생각이 아닌
무심에서 오는 생각은 결단하면 된다. 자연히 현실로 모습을 드러낸다.
내가 능동적으로 하는 생각은 내가 책임져야 하지만
나에게 수동적으로 주는 생각은 받아들이면 하늘이 책임져준다.
매순간 행하는 나와 지켜보는 나가 존재한다.
조심하는 품위 있는 행동이 깨어있는 정신에서 가능하다.

정·기·신에 대하여

에너지가 모이면 '정'이 됩니다.
'정'이 충만하면 '기'가 성하게 됩니다.
'정'과 '기'가 서로 보양해야 '신'이 제대로 설 수 있습니다.
그것이 정신이고 혼백인 것입니다.
마음이 고요하지 못하면, 에너지를 소비하게 됩니다.
쓸데없는 행동, 말, 생각, 과식을 통하여
에너지가 모이지 못하여 '정'이 되지 못하고
결국 세상의 영향을 받게 됩니다.

정신이 맑으려면

공기가 깨끗해야 합니다.
머리가 시원해야 합니다. 조용해야 합니다.
정리정돈이 되어 있어야 합니다.
일상의 삶이 균형과 조화가 필요합니다.
일상의 삶이 고요하지 않으면 정신차리고 살기 어렵습니다.

무의식의 네비게이션

원하는 것들을 뇌의 내비게이션에 입력하세요.
알아서 저절로 현실이 됩니다.
생각의 여유, 마음의 평안함, 정신의 안정이 필요합니다.

팔고 싶은 물건, 취급하지 마세요

갖고 싶은 물건을 파세요.
예전 옷 수입할 때 갖고 싶은 옷은 다 팔렸는데
팔릴 것 같은 옷은 안 팔렸던 기억이….
사람 마음 다 똑같아서
내 마음을 알면 상대 마음도 아는데
양심에 따라 살면 마음이 예민해져서 마음이 알려줍니다.
마음을 무시하면 마음이 무뎌져서
애쓰고 땀 흘릴 일만 보입니다.

마음공부는 감정과 지식을 씻어내는 것

세상 사람들은 애쓰며 살다 생긴 무거운 감정 때문에 고통스러워하고
마음공부하시는 분들은 공부하며 얻은 지식 때문에 아상이 강해져
삶이 곤궁해집니다.
감정도 비우고 지식도 비우면 본래의 완전한 내가 드러납니다.
완전한 나는 가볍고 즐겁고 웃음만 가득.
하지만 이것은 체험 외에는 알 수가 없습니다.

진리가 아닌 것에 영향 받지 말자

진리에 영향 받으면 매일매일이 축복
세상에 영향 받으면 좋았다 나빴다 반복
진리에 영향을 받으려면 가벼워야 함
내 생각과 내 감정이 있으면 그것들이 나를 주도함
삶이 복잡해진다.
삶이 심플해야 진리를 받아들일 수 있다.

땅의 기운과 하늘기운

땅의 기운에서 하늘의 기운으로 바뀌지 못하면
애쓰다 병원 감
자아가 강해짐
내 것에 집착함
살림살이 생각, 감정 쌓여감.
점점 무거워짐
점점 어두워짐. 결국 멈춤.

하늘 기운으로 바뀌면
밝아짐.
기분 좋아져서 주고자 마음 내며
대상도 많아지고 점점 많이 주게 됨.
돈, 사랑, 물질은 넘치며 마음과 생각, 감정 가벼워짐.

천국이란

지금— 여기에 존재하고 있는 의식의 완전한 상태.

내 생각, 내 감정이 빠지면 내가 원하는 게 객관적으로 보인다.
정신이 맑다는 건 내 생각과 감정을 벗어났다는 것.
맑은 정신 유지할 수 있다면
그것이 바로 천상의 삶.

상대방과 갈등 생길 때

일하다 상대방과 갈등이 생길 때
상대방 마음, 상대방 생각 궁금해하지 말고 내 양심,
내 평안 지키면 좋은 결과 나옵니다.

지금 내 상태를 최고로

틈을 주지 마세요.
원치 않는 것에 대해서

결과를 생각하며 일하면 즐거워집니다

현재 상황을 보며 일하면 긴장되지만
완성된 모습을 보며 일하면 어느새 도착.
내가 하려 하면 긴장되고 스트레스 받는데
다 된 모습 생각하며 일하면 저절로 쉽게 됩니다.
세상 보이는 모습에 가치를 두지 말고
나의 평안에 가치를 두면 만사형통입니다.
세상일은 그래도 돌이킬 수 있는 여지가 있는데
죽음은 다시 돌이킬 수가 없습니다.
지금 중요한 것은 나의 건강과 평안입니다.

#2

건
강

무엇보다 나를 대접하세요.

내 생각과 감정을 존중해주세요.

내가 행복해야 건강도 재물도 따라옵니다.

몸이 건강해야 정신과 생각, 마음을

제대로 지킬 수 있습니다.

생각이 팔자.

생각을 지키려면 심신이 건강해야 합니다.

건강, 행복, 풍요를 원한다면

애쓰지 마세요.
몸의 건강을 위하여… 적당한 운동을
마음을 비우면… 행복해집니다.
의식의 차원을 높이면… 풍요롭게 살게 됩니다.

부정적인 감정을 갖지 마세요.

의식을 높이려면…
생각을 크게 하세요.
감정에 빠지지 마세요.
안주하지 마세요.
내 것에 집착하지 마세요.

마음이 들뜨면

쉬지 못하게 됩니다.
계속 움직이게 되어 생각도 말도 행동도 제어가 안 됩니다.
결국 기운이 딸려 내 생각을 내가 못 지켜 좋은 결과가 안 나옵니다.
불안한 두려운 마음이 나의 주인이 되어 결과로 나타납니다.
심신이 안정되는 환경이 나에게 도움을 줍니다.
백토공간에 들어오면 심신이 안정되어 다들 깊은 잠을 자게 됩니다.
기운이 생겨 여유가 생깁니다.

몸과 마음이 편안하면

행복감을 느낀다.
현재에 최선을 다하게 된다.
지속적으로 하는 일, 생각이 가능하다
깊은 잠을 잔다.
표정이 온화해진다.
생각을 조절하는 힘이 생긴다.
이해심이 생긴다.

순환이 잘 되면 행복해져요

공간순환이 잘 되면 신선합니다.
몸의 순환이 잘 되면 가볍습니다.
마음순환이 잘 되면 행복합니다.
머리 순환이 잘 되면 시원합니다.
지금 순간 존재 자체가 축복입니다.

잠을 푹 잘 자면

아침에 일어나면 기운이 회복되어 마음이 가볍습니다.
잠을 잘 자려면 집안이 정리정돈이 잘 되어 있고 먼지가 없어야
호흡이 편해져서 깊은 잠을 잘 수 있습니다.
기운이 회복되면 마음이 가벼워집니다.
자기 전 청소와 환기가 필요합니다.
몸이 무겁고 마음이 무거우면 뭘 해도 좋은 결과 얻기가 쉽지 않습니다.
먼지가 많으면 근심 걱정이 생깁니다.
청소로 먼지부터 털어버리세요.

감정이 바뀌면 인생이 바뀐다

•

나를 즐겁게 하는 것을 찾아보세요.
생각으로라도 감정이 가벼워지면 인생살이가 가벼워져요.
현재 내 감정의 결과가 지금의 현실입니다.

• •

마음이 무거우면 어려운 현실이 보인다.
숨 쉬는 공간이 신선하면 호흡을 통해 마음이 가벼워진다.
먼지가 많으면 몸과 마음이 무거워진다.
밝고 환하면 마음이 가벼워진다.
어둡고 칙칙하면 마음이 무거워진다.
내 마음은? 내가 즐거운 이유는?

집안에 먼지가 마음을 어둡게 합니다

•

먼지는 에너지를 빼앗아갑니다.
공간 에너지를 교란시킵니다.
쓸데없는 생각 감정을 키우게 합니다.

에너지 많은 물질은 윤이 납니다.
과일도 꽃도 생선도 사람 피부도 실크도 보석도 백토도
잘되는 가게, 잘되는 집안, 가보면 밝고 가벼운 기운이…
안 되는 장소는 먼지가 많아 무겁고 칙칙합니다.

• •

마음은 보이는 환경에 영향을 많이 받아 마음상태가 변합니다.
내 마음이 즐거워지고
좋은 기운 원하시면 먼저 청소부터
윤나게 하고 사세요.

에너지가 커져야 내가 나를 지킬 수 있습니다.
에너지를 방전시키지 맙시다.

깨끗한 공간에서 깨끗한 마음이

•

먼지 붙은 벽지는 너저분해 보입니다.
의식하지 못해도 마음이 무겁습니다.
보이는 환경은 오감을 통해 두뇌에 전달되어 마음에 영향을 줍니다.
환경과 음식을 통해 기운이 생겨야 지식을 활용할 수 있는데
기운이 부족해 아는 지식을 실행을 못하고 삽니다.
기운 나는 환경, 음식을 통해 기운내서 세상을 다스리며 삽시다.

• •

청소를 하면 빛과 공기가 바뀐다.
깨끗해진 공간에서 마음도 깨끗해진다.
몸이 아프면 치료를 하고
마음이 병들면 잠을 푹 자면 되고
정신이 병들면 심플하고 신선한 공간이 필요하다.

뇌에 대하여

경직되어 있는 뇌는 사고의 한계.
자기 틀을 만들어놓고 그 안에서 벗어나지 못하여
다람쥐 쳇바퀴처럼 살고 있다.
뇌가 이완되어야 하는 이유.

좋은 음식은…

기운을 사용하면 몸이 식어져서
음식을 통해 기운을 얻으려 합니다.
좋은 음식은
먹고 나서 몸이 따뜻해집니다.
정신이 납니다.
사랑으로 요리한 음식이 몸 마음 정신에 에너지를 줍니다.
자극적인 음식은 흥분시켜 머리가 뜨거워져
과식하거나 흥분을 유발합니다.
사랑의 음식이 보약입니다.

즐기면서 식사하세요

간단한 음식이라도 허겁지겁 식사하시지 말고
배고파서 식사하시지 말고 즐기며 식사하세요.
제대로 접시에 차려놓고 먹으면 기분이 좋아져요.
음식은 심플하게, 정성은 가득
배고파서 정신없이 먹으면 서글퍼져요.
지금 살아있음이 축복임을 음식을 통해 전해집니다.

마음이 안정이 먼저

마음이 안정되어야 에너지가 모입니다.
마음이 떠 있으면 분주해지고 사소한 일들 신경 쓰다
정작 해야 할 일들을 못하게 됩니다.
공부 못하는 아이들 집안 걱정 하느라 공부에 집중 못하듯이
내가 현재 해야 할 일들에 의식 집중하면 안 될 일이 없습니다.
의식집중하기 위해서는 에너지가 많이 필요합니다.
마음이 안정되어 에너지 충전되어 있어야 필요할 때
바로 의식집중 가능합니다.

자연의 기운은 우리 마음을 안정시켜줍니다.
안정이 되어야 그 다음 지속적인 발전으로 진행됩니다.
안정이 없이는 생각도 행동도 일관되게 한 방향으로 진행이 안 됩니다.
안정된 마음에서 고요히 기도에 집중할 수 있습니다.

다 같이 집을, 가정을, 가족을, 소중히 여겨 마음의 안정을…

마음의 평안을 잃지 마세요

•

어떤 경우에도 마음의 평안을 잃지 마세요.
마음이 평안하면 내 생각을 지킬 수 있고 내 생각대로 됩니다.
마음이 흔들리면 생각도 흔들리고 현실도 흔들립니다.
마음이 평안을 지키려면 정신이 깨어 있어야 합니다.

••

감정이 많으면 마음이 고요해지지 않고
생각이 많으면 원하는 것에 집중이 안 됩니다.
순수한 마음과 순수한 의식의 만남이 기적을 불러옵니다.
의식만큼 바라며 바라는 만큼만 채워주십니다.
나의 의식이 순수해질수록, 나의 실체가 보여
내가 낮아지게 되면, 내 개인적인 소망보다는
전체를 위한 기도가 되고, 목표가 클수록 하나님을 의지하게 되며
의지하는 만큼 어김없이 채워주십니다.
불필요한 감정들과 끊임없이 내가 하려는 생각들이
하나님의 하심을 막게 되어 결국 본인이 하게 됩니다.
마음이 순수해져야 하나님의 말씀이 믿어지며
의식이 순수해져야 하나님에게 온전히 맡길 수 있습니다.
그래서 숨 쉬는 환경이 정말 중요합니다.
호흡을 통하여 마음과 의식을 정화시킬 수 있으니까요.

마음이 편안해지면 그 다음은?

편안한 마음 지속되면 몸도 마음도 안정되기 시작합니다.
건강도 좋아지고 재산도 모여지고 생각도 커지기 시작합니다.
아이들에게 지식을 넣어주기 전에 안정된 상태를 만들어주세요.
심신의 안정이 돼야 보이는 형상도 지속발전하게 됩니다.

안정된 파동을 가까이 하세요

내 파동도 안정되어 힘이 모입니다.
몸이 안 좋은 부위 손을 대보면 불규칙하게 흐르는 파동
손으로 느껴집니다.
생각이 팔자.
안정 지속되어 생각이 뇌 속 깊이 박히거나
무심 속에서 순간의 강렬한 생각이 뇌 속에 전달되거나
기분 좋은 상태로 되거나
생각이든 감정이든 강력한 것의 결과가 지금 내 현실입니다.

생각이 깊어지려면

마음이 안정되고 정신이 맑아지면
생각을 깊게 할 수 있습니다.
가족 간에, 일하는 동료 간에 서로 신뢰할 수 있어야
마음이 안정되어 정신 또한 차분해질 수 있습니다.
삶에서 기본이 채워져야 발전할 수 있습니다.
부부 간에 서로 신뢰하지 못하면
같이 살지 않는 게 유익하고
사람 간의 신뢰가 얼마나 중요한지 알아채야 합니다.

생각이 팔자 1

•

어떤 생각이라도 그 생각을 지속하면 현실로 나타난다.
그러나 그 생각이 나의 이익보다 전체의 이익을 위한 것일 때
그 생각을 지속하기가 훨씬 쉽다.
마음이 고요해져서 원하는 생각을 바라볼 때
몸으로 느껴지는 감정이 현실의 결과로 나타난다.

아름다운 색상이 갖고 있는 고차원적인 에너지는
우리의 주의력을 집중시켜 습관적인 생각으로부터
벗어날 수 있게 도와준다.
정신의 휴식공간을 제공한다.

내부에 있는 그리스도를 통해서 가라.
'내가 신임을 곧 알아야 한다.

• •

잘 되는 사람. 될 일만 생각
안 되는 사람. 안 될 일만 생각
우선 보이는 공간정리
머릿속 정리
될 일이 보입니다.

생각이 팔자 2

•

원하지 않는 느낌을 마음속에 품지 말고
어떤 잘못된 모습이나 형태에 대해서도 동조하지 마십시오.
그리고 자기 자신이나 다른 이들에게 있는 불완전함에 대해
곰곰이 생각하지 마십시오.
생각이 팔자가 됩니다.

• •

기분이 좋으면 좋았던 일들이 생각나고 뭐든 기분 좋게 생각되고
상대가 이해되고…
기분이 나쁘면 안 좋았던 일들이 떠오르고
생각하면 또 화나고 보면서 화내고
화낼 일만 보이고
내 상태를 기분 좋게 만드는 게 잘 사는 지름길.
정신이 깨어 있으면 생각과 감정의 통제가 가능하지만
복잡한 현대사회에서 견디다가 기운이 딸려
순간순간 정신을 잃게 되네요.
생각이 팔자.
내가 무슨 생각하는지 정말 중요해요.

#3

휴식과 안정

이 세상에서 나에게 가장 중요한 것은

마음의 평안.

마음이 편안해야

잠도 잘 자고

밥도 잘 먹고

일, 공부, 기도도 잘 됩니다.

나를 즐겁게 해주세요

즐거운 마음이 복을 불러옵니다.
내가 원하지 않는 일이 생겨도 감사하고 즐거워하세요.
마음에 드는 결과로 바뀝니다.
보이는 세상에 마음 뺏기지 말고
고요한 안정된 마음 유지하세요.
생각을 지키세요.
그럼 됩니다.
많은 지식이 필요하지 않습니다.

기본을 철저히

기본을 제대로 하면
정신이 맑고 마음이 담대해져
항상 준비된 상황과 상태에서 제대로 된 판단결정을 하게 된다.
눈앞에 닥쳐서 하는 게 아니라 미리 준비되어 있어서
항상 여유 있게 제대로 하게 된다.
청소, 정리정돈, 식단계획 등 누구나 할 수 있는 일.
일상생활이 나에게 주는 참 가치를 안다면 우선해야 할 일들
준비가 안 되어 있으면 허둥대게 된다.
일상생활에서 나에게 꾸준히 힘을 줄 때 안정적인 삶도 같이.
기본을 철저히.
가정의 소중함을 우선적으로

휴식과 무위의 가치

●

최신 뇌 과학의 연구결과는
휴식과 무위의 가치가 매우 중요하다고 말한다.
자아성찰, 사회성, 창조성 등 인간을 인간답게 만드는 두뇌활동은
뇌에 아무런 인지부하를 주지 않을 때
즉 생각 없이 쉴 때 비로소 작동한다는 것이다.
아르키메데스도, 뉴턴도 연구실이 아닌 곳에서
생각이 끊어진 순간, 놀라운 발견을 했다.

정신없이 이룬 성공은 모래성일 뿐
일상의 소중함을 우선적으로.

● ●

학문은 배우면 배울수록 머리가 복잡해지지만
마음은 비우고 비워 무위에 이르면
행함이 없어도 저절로 이루어진다. ─ 도덕경 48장

아이들 방이 중요한 이유

요즈음 아이들 대부분이 안정이 안 되어
목소리가 커지고, 주위산만하며, 쉽게 흥분합니다.
집을 지을 때 사용되어진 시멘트나 본드 등에서 나오는 유해가스
낡은 집 속에 많은 물건들 속에서의 먼지 등이
피부호흡, 폐호흡을 통하여 직접 해마(기억과 창의력에 중요한 역할)에 전달되어
자율신경과 내분비계까지 영향을 미치기 때문입니다.

생후 6세까지 뇌세포의 90%가 성장된다고 합니다.
심신의 안정이 되는 깨끗한 환경과 정성이 담긴 음식이
아이들의 창조력이 요구되는
이 시대 절실한 것들입니다.

정신이 '지금 다른 곳에 있을 때' 사고가 납니다.

기운이 있어야

내 감정, 내 생각을 내려놓으면
마음이 편해지고 혈액순환이 잘 되어
정신을 사용할 수 있는 기운이 생깁니다.
세상을 풍족하게 살기 위해서는 기운이 있어야 합니다.
내 생각과 마음을 다스려야 세상의 일도 다스릴 수 있습니다.
작은 일에 마음과 생각 뺏겨 기운 빠지면 세상살이도 어려워집니다.

좋은 에너지를 가까이 하세요.

같은 에너지끼리 끌려옵니다.
빠른 성취법.

내 감정을 내 생각을 돌봐주세요

몸이 힘들면 마음이 힘들어지고
마음이 힘들면 몸을 힘들게 합니다.
우리는 행복하게 살려고 태어났습니다.
몸과 마음을 돌봐주세요. 지금! 딴 데 보지 마세요.
즐거운 마음이 복을 불러옵니다.
집을 가꾸고 집에서 사람들을 만나세요.
집에서 나오는 웃음이 세상으로 퍼져나갑니다.
세상을 이겨낼 힘을 줍니다.

군자노심 소인노력

군자는 마음으로 노력하고 소인은 힘으로 애쓰고

마음은 하루라도 비워내지 않으면 탁한 감정이 쌓이고
육체의 힘은 하루라도 단련 안하면 약해진다.

비우고 비우면 가볍고 즐거워져 풍요가 담기는 것을
노력으로 담으려 하니 담기 전에 지쳐버리는 것을

소인과 군자 1

소인
학문을 통하여 인간의 완성도가 높아져야 되는데
성공을 위한 수단으로 학문을 배워나가다 보니
인격의 완성보다는 탐욕을 키워주게 되며 교만해질 수 있고
배우고 배워도 부족함을 느끼게 되어
부족한 마음이 베풀지 못하고 쌓아놓고 너저분하게 살게 되어
너저분한 인생이 된다.
좌불안석 하며 살게 된다.

군자
배움을 통하여 생각이 커지고 마음이 커져
항상 주고자 하는 마음을 내며
마음이 잔잔한 기쁨을 누리며 유유자적하게 살게 된다.
현대에 와선 정신적 여유가 물질적 풍요를 이루는 것이
진리임을 알게 된다.

소인과 군자 2

학문을 배워 뜻을 세우면
어릴 때는 소인이지만 커서는 군자가 되어야 하는데
요즘은 소인이 학문을 배워도 소인에서 변하지 못하네요.
'지금'이 없이 미래만 있어서 그런 듯
학문을 배워 군자가 되지 못할 바에는
시간 낭비, 돈 낭비
결국 세상의 종이 되어 바쁘게 바쁘게 살게 됩니다.
종들은 뛰어다녀야 합니다. 할 일이 끝도 없이 많습니다.
군자는 모범을 보이며 말로 합니다.
군자도 아닌 사람들이, 말로만 돈 버는 사람들이 너무 많네요.

세상은 끼리끼리 모인다

생활이 고달프고 부정적인 생각에 휩싸여 있을 때
기운이 빠져 색깔은 칙칙해진다.
칙칙한 인생은 칙칙한 것들을 끌어당긴다.
집이 크고 작고가 중요한 것이 아니라
집을 윤나게 가꾸고 살 수 있는 크기가 중요하다.
피부가 윤나고 집이 윤날 때 내 인생도 빛이 난다.
단순함의 법칙 = 우주의 법칙 = 자연의 법칙 = 신의 말씀

#4

힘, 에너지

영성의 최고봉은 기쁨입니다.

항상 기뻐하세요.

만사형통입니다.

내 마음, 내 몸을 기쁘게 해주세요.

기쁨이 크면 힐링이 저절로 됩니다.

무심의 순간

무심의 순간에 눈에 들어오는 글이 마음에 박힌다.
객관적으로 보일 때 답이 나오거나 해결이 된다.
에너지가 커지며 커질수록 무심이 쉬워진다.
마음이 이완되어 편안하고 여유로워지면 객관적이 된다.

에너지 = 기운 = 상태

현재 나의 상태가 에너지가 밝고 가벼우면
하늘의 기운(희망, 꿈, 비전)을 바라보게 되고
나의 상태가 에너지가 어둡고 칙칙하면
땅의 기운(근심, 걱정, 두려움, 슬픔 등 인간의 감정)을 바라보게 되고
하늘의 기운은 바라보면 즉시 이루어지지만
땅의 기운은 노력해서 시간, 물질, 인맥 등 조건이 맞아야 이루어진다.

내 현재 감정 상태가 지금의 내 삶의 모습

잘 먹고(맛있는 것 먹는 게 아니라 몸에 유익한 음식 품위 있게)

푹 자고(숙면, 깨끗한 환경)

정신이 차분한 상태에서 기운나면 세상이 아름다워 보입니다.

행복해집니다.

일상의 기본 생활만 제대로 해도 세상살이 힘들지 않습니다.

기본을 무시하고 참고 급하게 가려 하니

밑 빠진 독에 물 붓기.

세상은 물 빠져 나가는 속도보다

물 붓는 속도 빠르면 된다고 부추기고 있어

결국 애쓰다 병원행.

일단 정지해서 항아리 보수하고 물 부면 훨씬 간단한 것을

정신없이 빠르게 물 부어야 하니 일상의 소중함은 생각도 못하고

결국 성공해도 허무함만 가득.

배우는 데 애쓰지 마시고 쉬는 데 애쓰세요

일단 푹 쉬세요.
기운 날 때까지
정신이 나면 정확히 알게 됩니다.
체험해보면 알게 됩니다.
삶의 수준이 높아집니다.

뇌의 에너지 부족하면 잡념만

작은 일들로 머리 쓰지 마세요
뇌의 에너지 방전되면 뭐든 더디 되요
기도도 뇌의 기운 있어야 바로바로…

해야 할 일과 눈앞에 닥친 일

해야 할 일을 안 하면
눈앞에 닥쳐서 할 수 없이 하게 됩니다.
해야 할 일을 미리 하면 즐겁게 할 수 있지만
절박해서 하게 되면 지치게 됩니다.
마음이 편하면 해야 할 일을 즐겁게 하게 됩니다.
마음이 불편하면 절박한 상황에서 어쩔 수 없이 해야 합니다.
수동태와 능동태의 차이.
믿음도 수동태의 믿음이 되어야 자연스레 좋은 결과가 나옵니다.
마음이 편해야 만사가 잘 풀리는 이유입니다.
내 주변이 깨끗해야 마음이 편해집니다.
깨끗하지 않아도 마음이 편한 건 정신이 다른 데 있는 것.

에너지

기운이 없으면, 머리를 쓸 수 없습니다.
몸은 좀 피곤해도 움직일 수 있지만 머리는 작동 불가!
21세기는 혼의 시대.
한 달간 육체작업보다 한 시간 정신집중이
더 많은 결과를 낼 수 있습니다.
집에서 푹 쉬어 정신 에너지 충분히 얻을 수 있도록 합시다.

때를 알아야 한다

일해야 할 때 쉬어야 할 때
때를 제대로 모르고 행하면 헛기운만 쓰게 됩니다.
그동안 '하면 된다, 하면 된다' 하며 지금에 왔지만
지쳐있는 상황에서는 마무리가 안 됩니다.
푹 쉬어 기운내서 마무리하여 좋은 결실들 맺게 되기를.

나를 들여다보면 가야 할 길이 보인다

딴 데 보지 말고
내 마음 내 생각 내 공간을 객관적으로 보면
문제가 보이고 답이 보입니다.
내가 문제고 바꿀 수 있는 시간도 지금이고
남은 바꿀 수 없어도 나는 내가 바꿀 수 있지요.

조심!

마음 조심
생각 조심
행동 조심
서로가 조심하며 존중하는 삶.
소리가 담 밖을 안 넘게, 조심하며 살던 조상들의 지혜.

조심한다는 것은

•

조심한다는 것은 깨어있다는 것입니다.
말조심, 생각조심, 행동조심하면 어려운 일이 발생하지 않습니다.
그래서 사기그릇을 사용해야 합니다.
깨끗한 환경에서는 조심하게 됩니다.
모든 어려움은 조심하지 않아서 생기게 됩니다.
조심하는 것은 상대와 나를 배려하는 것입니다.

• •

조심도 기운이 있어야 가능합니다.
좋아하는 것을 위해 올인할 경우에는 기운이 생기지만
목적을 위해 참고 애쓰며 할 경우에는 기운이 빠져
부정적 감정이 커집니다.
흥분은 과도한 에너지 사용하게 되어 지치게 됩니다.
즐거움을 주는 일인지 흥분시키는 일인지
균형 있는 시각과 안정된 규칙적인 파장의 에너지를 가까이 하세요.

진리는 언제나 쉽고 간단하다

양명학을 읽다 내 생각과 같은 부분이 있어 적어봅니다.

진리는 언제나 쉽고 간단하다. 복잡하고 어려운 것은 진리가 아니다.
후세의 학자들은 이렇게 간단하고 쉬운 것에는 통 관심이 없고
간단하고 쉬운 것을 어렵게 만들어놓고서는 배우겠다고 애를 쓴다.
이것을 뒤집힌 인생이라고 한다.
진리란 가까이 있는 것인데 먼데에서 자꾸 찾는다.
맹자가 말한 '진리란 고속도로 같은 것인데,
사람이 그 길을 가지 않는다는 것이 병이다'
성인은 언제나 양지로 가려 하나,
어리석은 사람은 그 양지로 안 가려는데 차이가 있다.

예의를 지키면 마음이 고요하다

공공장소에서 예의를 지켜야 서로 편안한 마음 유지할 수 있습니다.
소리가 옆에서만 들릴 수 있게 작은 소리로
행동도 조심, 모든 어려움은 조심하지 않을 때 생깁니다.
기운이 딸리면 목소리가 커집니다.
기운 낭비 하지 맙시다.
기운 있어야 사는 재미가 있습니다.

정신 집중

에너지가 모이면 정신이 든다.
믿음도 강력한 정신 에너지.
인간의 가장 위대한 힘은 정신력의 사용.
정신의 힘을 사용할 수 있는 정결한 공간,
바른 생각, 고요한 마음이 중요한 이유.
정신이 안 모이면 딴 짓을 한다.
사소한 일에 에너지 사용하면 정작 필요한 일에
에너지 부족하여 일을 그르친다.
기운을 주는 사람, 생각, 음식, 장소…
기운 빼는 사람, 생각, 음식, 장소…
기운이 절실히 필요한 시기이다.

싫은 것 하지 마세요

마음의 평안이 없는 일은 하지 마세요.

기쁨이 없는 일 하지 마세요.

내가 하는 일이 나를 기쁘게 상대를 기쁘게 하는 일만 하세요.

무엇 때문에 참고 하는 일 하지 마세요.

참다 참다 폭발합니다.

기운이 딸리면 1

기운이 있어야 삶도 풍성해집니다.

불필요한 생각, 무거운 감정으로 에너지 소모하지 마세요.

운이 나갑니다.
밝은 기운이 운을 불러들입니다.
표정도 밝게 집안 분위기도 밝게 밝음을 가까이 하세요.
운은 밝음과 함께 옵니다.

기운이 딸리면 2

기운이 거꾸로 되면, 머리는 뜨겁고 몸은 차고
마음이 불안해집니다.
불안한 마음에 자꾸 다른 것에 매달리게 됩니다.
마음이 불안하면 가만히 있지 못하고
말을 많이 먹고, 불필요한 행동들로 인해
기운을 소모하게 되고
그럼 기운 달려 더 불안해지고
세상은 불안한 심리 이용해 이거 해라 저거 해라 하며
돈 쓰게 하고 기운 쓰게 하고
순리대로 살면 기운이 돌아 에너지가 생깁니다.

집에 마음을 듬뿍 주세요

내가 마음을 준 집이라야 편히 쉴 수 있습니다.
에너지가 있어야 건강도 성공도 행복도 가능합니다.
쉴 새 없이 변하는 세상.
쫓아가지 말고
기분 좋은 집에서 몸, 마음, 정신의 에너지 채워
내가 원하는 기분 좋은 생각에 집중해보세요.
가장 빨리 결과로 나타납니다.

생각을 단순화시키는 이유

돋보기로 빛을 모아 불을 붙일 수 있듯이
생각이 단순해져야 나의 모든 에너지가
그 생각에 집중되어 보이는 결과로 나타납니다.
마음이 안정되면 쉬워집니다.
마음의 안정을 위해 집을 내 마음에 들게 만드는 게 우선입니다.

배운 것을 체험으로

배운 것을 시간을 갖고 체험으로…
아는 지식 정보는 많은데 막상 현실에서 적용이 안 되는 이유는
확실히 몰라서, 내 체험이 없어서, 확신이 없어서
밥을 먹을 소화할 시간 필요하듯이
지식과 정보도 체험의 시간 필요합니다.

원하는 대로 살고 싶으면

성경에 보면 하나님이 가라사대

"빛이 있으라 하시매 빛이 있었고…"

원하는 것을 한 문장으로 만들어 간단하게 그 생각에 집중하세요.
생각이 단순해지면 가능해집니다.
보이는 환경 깨끗하게 심플하게 생각이 단순해지도록
음식 담백하고 간단하게, 하지만 정성 가득 생각이 단순해지도록
생각을 단순하게 할 수 있는 상황 만드세요.
해보세요! 해본다고 손해날 거 있나요?

생각을 한 번에 하나씩 집중

절박하거나 절실하면 한 생각만 하게 된다.
원하는 게 강력하면 정신이 차분해지고
마음이 고요해져 생각에 온전히 집중이 된다.
절박해서 절실해서 오기까지
너무 몸이 지쳐 해결되고 나면
다시 안심하며 습관대로 살다 또 절박 절실…
이제는 어려워지기 전 미리미리 필요한 것 생각해서
집중하며 여유롭게 삶을 살게 되기를
준비된 사람과 허둥대는 사람하고는 결과가 다르듯이
사는 집을 보면 정신상태도 보인다.
깨끗한 환경은 준비된 상태다.

양명학에서는

진짜 알았다는 것은 행할 수 있어야 진짜 알았다고 할 수 있다.
'마음만 있으면 방법은 있다'
마음을 다한다는 말이 결국은 본체를 안다는 말이다.
정성을 다할 수 있는 사람이라야 그 본성을 다할 수 있는 사람이다.

현재가 내 마음에 들어야 다음 단계로

현재가 내 마음에 들어야 마음이 안정되어 발전된 미래가 옵니다.
지금 내 마음에 들게 나를 가꾸고 집을 가꾸세요.
모든 일에 균형과 조화가 맞아야 합니다.
가정이 소중한 이유입니다.
돈보다 성공보다 가정의 평안과 사랑이 우선입니다.

내 생각을 타협하지 마세요

내 꿈을, 내 생각을 돈에 맞춰 타협하지 마세요.
내가 원하는 것을 바로 하세요.
바로 하실 수 없으시면 기도부터 하세요.
사고 싶은 것 있으면 사세요.
돈이 없으면 기도하세요.
현실에, 돈에 맞춰 줄이지 마세요.
우리의 자유로운 영혼은 자유로울 때 강력해집니다.

돈 벌려고 일하지 마세요

돈 때문에 하는 일은 나를 서글프게 합니다.
좋아서 하는 일은 힘든 줄도 모릅니다.
그리고 제대로 하려고 합니다.
내 마음을 힘들게 하는 건(마음을 바꿀 수 없으면)
하지 마세요.
나를 기쁘게 하는 것을 찾아보세요.
나에게 플러스 에너지 주는 것들로 채워가세요.
인생이 풍성해집니다.

아는 것과 믿는 것의 차이

아는 것은 힘이고
믿는 것은 현실이 됩니다.

내 생각을 내가 신뢰하면 됩니다.

내가 믿는 내 생각이 현실이 됩니다.

근본 해결에 대하어

근본 해결은 문제를 바라보는 나의 생각을 바꾸면 됩니다.
순서가 돈도 아니고 해결해줄 수 있는 조건도 아니고
감정 없이 객관적으로 바라보면 답이 보입니다.
일상의 청소, 요리, 빨래에 몰입해서 하다 보면
문제가 객관적으로 보이기 시작합니다.
힘들게 사는 사람 특징—정신없이 살며 항상
문제에 빠져 문제와 하나 되어 살아갑니다.
일상생활에 마음을 다하면
정신이 차분해지고 마음이 편해지며 안정이 되어 기운이 생깁니다.
그 기운만큼 생각이 커지고 기운만큼 현실에서 삽니다.

생기가 나면 운이 풀린다

생기,
말대로 살아 움직이는 기운.
몸과 마음이 무거우면 기운이 정체되고
아프거나 돈이 나갑니다.
자연으로 나가 생기를 받으세요.
시간이 없으면 꽃을 집에 꽂으세요.
돈이 없으면 마음으로라도 원하세요.
원하면 됩니다.
생기가 생기면 기분이 좋아집니다.
운이 좋아집니다.

#5

기
도

기도는

나의 진동을 높이는 것.

의식차원을 높이면 원하는 것들이 믿어진다.

믿음은 수동태,

믿은 대로 이뤄진다.

기도 1

기도란
나의 의식을 높여
원하는 생각을 바라보는 것.
어떤 사물을 인식한다는 것은 그 사물에 가치가 부여된다는 뜻이다.
마음이라는 우물에 새로운 물이 솟아오르게 만드는 방법,
그러므로 헝클어진 망상부터 허무는 게 먼저다.
인간에게 가장 가치 있는 것.
생활에 꼭 필요하고 매순간마다 사용할 수 있는 단순한 진리.

기도 2

기도는

하나의 생각으로 에너지 모으는 것
나의 의식이 인식한 것을 무의식으로 넘기는 것
내가 원하는 것을 하나님에게 바통을 넘기는 것

기도는 인성을 죽이고 신성을 받는 방법이라 한다.

내 생각을 버리고 하늘에 도움을 바라는 것이 기도
가장 빠른 소원성취 방법

기도 3

기도는

내가 원하는 것을 이루기 위해 생각과 마음 정신을 모으는 것입니다.
하나로 모으면 안 될 일이 없습니다.
그러기 위해
고요한 마음, 바른 생각, 맑은 정신이 필수입니다.

기도 4

내 꿈을 현실에 맞추면 마음에 안 들어 기도가 안 되고
내 마음에 드는 꿈은 너무 커 보여 믿어지지 않아 기도가 안 되고
믿음은 믿어져야 현실로 가는데
오늘부터 내 꿈에 기도에 정신집중하기로
내 꿈이 믿어지면 현실이 되리라.

에너지가 충만하면 보이는 물질로 바뀜
상황이 절박해서 한 생각만 지속
마음이 절실해서 한 생각만 지속
정신이 차분해져서 한 생각을 객관적으로 바라볼 수 있을 때
현실로 나타난다.
평소 내 감정 내 상태가 현실의 삶
인간은 생각을 통해 감정을 바꿔 현실을 넘어설 수 있다.

생각에 주의집중하면

생각에 주의집중하면 그것이 '기도'입니다.
한 생각에 의식 집중할 수 있도록 고요한 마음.
그 생각을 끌어내는 차분한 정신상태
신을 믿으면 현실을 초월해서 생각할 수 있고
정신이 맑으면 생각이 하나로 모입니다.
마음, 생각, 정신이 하나로 모이면 기적이 일어납니다.

나의 기도!

나의 정신이 깨어서 기분 좋은 생각만 하게 되기를.
항상 정신이 깨어 있어서 나의 행동, 말, 생각을 알아채서
바른길로 가게 해주소서.
항상 정신이 깨어 있어서 나의 느낌을 안식하게 해주소서.
나를 행복하게 상대를 행복하게가 우선임을 인식하게 해주소서.
살아있음에 항상 감사함을 인식하게 해주소서.
지금의 중요함을 인식하게 해주소서.
어제도 오늘도 내일도 있을 모든 것에 감사합니다.

내가 하는 말 내가 듣는다

내가 진실하지 않으면 내 말을 내가 듣지 않게 됩니다.
기도가 안 됩니다. 듣지 않기 때문에…
내가 원하는 것을 정확히 찾아내세요.
생각, 말, 행동이 일치해야 합니다.

믿음은 수동태

내가 나를 내 생각을 믿을 수 있으면 됩니다.
남이 나를 믿어주는 게 아니라
내가 나를 내 말을 믿을 수 있으면 됩니다.
양심은 나를 지켜봅니다.

내 생각을 내가 믿으면 현실이…

내 생각을 내가 믿고 지키면 됩니다.
객관적인 상태가 되어야 합니다.
좋아하는 것, 싫어하는 것으로 인해 흥분해서 정신을 잃으면
생각을 놓치게 됩니다.
생각이 현실이 될 때까지 놓지 마세요.

6

풍
요
로
움

마음이 가벼워지면 현실도 가벼워집니다.

밝고 보기 좋은 것만 보려고 하세요.

삶이 풍요로워지길 원하신다면…

부자 되고 싶으면

주고자 하는 마음을 내세요.
하늘이 주고자 하는 사람에게 복을 줍니다.
조건 없이 주고자 하면 됩니다.

평정심

일을 함에 있어서
내 생각에 집중하던가
목표에 집중하던가
결과는 엄청난 차이가 난다.

현실이 내가 감당하기 힘들다 생각되면

정신을 잃거나
신에게 의지하거나 하게 됩니다.
내가 있는 공간 청소하고 마음 진정시킨 후
내 안의 신에게 기도하세요.
힘들수록 보이는 것 쫓아가지 마시고 흥분하지 마시고
정신 차려 기운부터 내세요.
지금 현실에서 할 수 있는 것부터 하세요.
청소 요리, 산보, 호흡이 안정될 수 있게
억지로라도 현실에서 마음 진정시킬 수 있는 것부터 하세요.
마음 진정시킨 후 원하는 생각에 집중하세요.
해결할 수 있는 방법 떠오르거나 정신이 차분해지면 저절로 해결됩니다.

뇌, 마음, 육체

뇌의 상태가 시원해야 함(안정)
마음의 상태 따뜻해야 함(평안)
몸의 상태 따뜻해야 함(움직임)
세 가지 조화가 맞으면 건강 풍요하게 사는 삶
잠자기 전 기도, 깊은 호흡, 신체 밸런스의 중요성

발은 땅을 딛고 머리는 하늘로

마음의 안정과 미래의 희망이 나의 생기.
마음이 준비되어 있으면 스타트가 빠르다.
공간의 정리정돈, 냉장고의 정리정돈, 생각의 정리정돈…
보이는 것과 안 보이는 것이 정리되어 있으면
기회포착이 빠르다.
기본 충실하기
항상 준비되어 있는 상황

마음이 환해지면

마음이 환해지면 보이는 것도 훨씬 잘 보입니다.
바른 판단력을 갖게 되고 혜안도 밝아집니다.
지금 해야 할 일을 알게 됩니다.
집을 밝게 청소하고 마음을 청소하면 능률적으로 삶을 살게 됩니다.
분주하면 앞이 잘 안 보이는 법입니다.

자부심

나에 대한 자부심
내가 하는 일에 대한 자부심
그 자부심이 있을 때 세상이 도와줍니다.

구질하게 살지 마세요.
조건에 타협하지 마세요.

당당하게 원하세요. 하늘에
하늘이 들어주고 도와줍니다.

사심 없이 마음 내서 하는 일은
상처 받을 일이 없다

사심 없이 마음 내서 하는 일은 상처 받을 일이 없다.
누가 뭐라 해도 '그 사람 생각과 감정이구나' 알아차린다.
영향을 안 받는다.
야단을 맞아도 속으로 즐겁다.
그냥 즐겁다. 이유가 없다.
속이 비면 자꾸 웃음이 나온다.
사는 게 즐거우니…
내 생각이 필요 없고 내 감정이 필요 없다.
원하는 결과 생각하고 또 웃고
잘난 사람은 애쓰고, 속이 빈사람 즐기는 세상
그래서 공평한지도…
속이 빈사람 애써봐야
잘났는데 드러내야지.

물건을 많이 버려야 하는 이유

내 생각이 어떤가가 중요한 게 아니라
내가 원하는 것이 무엇인지가 중요하다.
그러기 위해서는 정신 차려야 알 수 있고
마음의 여유가 있어야 원하는 것을 알아챌 수 있고
그러기 위해서는 공간의 여유가 필요하다.

공간이 여유로우면 청소시간도 절약된다.
마음이 여유로워야 삶도 여유로워진다.

원하는 것을 정확히 인식하는 힘

예전에는 학교가서 공부해서 지식의 쌓여야
풍족한 삶을 살 수 있다고 생각했습니다.
이제는 생각만으로도 마음만으로도
풍족한 삶을 살 수 있다는 것을 알게 됐습니다.
그러나 애쓰고 노력하던 습관이 익숙해져
알면서도 자신도 모르게 습관적으로 익숙한 대로 애쓰며 살면서
'이건 아닌데' 하면서 살아가고 있습니다.
생각을 마음을 움직이려면 바른 정신의 힘이 있어야 하며
에너지가 있어야 합니다.
그래서 휴식이 필요하고 휴식을 통해 충전된 에너지로
풍족한 삶을 살게 됩니다.

내 생각 내 감정이 눈과 귀를 가린다

빛이 어두움을 사라지게 하며 빛을 통해 정화가 이루어진다.
내 생각과 내 감정이 있으면
사물이 제대로 안 보이며 제대로 이해되지 않는다.
작은 사물이 제대로 보이기 시작할 때
생명이 살아나기 시작한다.
완전함을 인식하고 있으면 완전함이 보인다.
나의 완전함을 인식하세요.

지금 이대로 충분합니다

애쓰며 살지 마세요.
집착하게 됩니다.
지금 충분합니다.
나에게 충분한 것 찾아보세요.
백토, 신선한 공기. 밝은 물, 따뜻한 잠자리
충분하다고 인식하는 것이 시작입니다.

내가 주고자 하면 하늘도 나에게 주고 싶어합니다.

주고자 할 때 마음이 넉넉해집니다.
넉넉한 마음이 복을 불러옵니다.

내 안의 신성, 하나님

내 안의 하나님이 일하시게 하세요.
나보다 광대한 내 안의 신성에게 맡기세요.
완전히 맡기고 푹 쉬세요.
어느새 완성.

꿈을 크게 가지세요

꿈이 작으면 나의 의지로 인간의 노력이 더해집니다.
꿈이 크면 나의 의지 내려놓고 우주에 맡기게 됩니다.
천년이 하루 같은 거대한 우주가 신속히 해결해줍니다.
큰 꿈을 갖고 싶으면 밝은 에너지로 가득 채워주세요.
믿음은 수동태입니다.

마음이 가벼우면 원하는 것만 생각납니다

마음이 무거우면 원치 않는 것만 생각납니다.
마음이 가벼우려면
청소를 통하여 먼지 제거
원치 않는 물건 제거
무거운 감정정리
항상 가볍고 즐거운 마음이 복을 불러옵니다.
원하는 것만 생각하세요.
생각이 팔자, 즉 현실입니다.

가슴이 설레는 것들

가슴을 설레게 하는 것을 찾으세요.
설레게 하는 진동이 나를 움직이는 동력입니다.
나이 들수록 무감각해지고 몸과 마음 식어서 굳어갑니다.
생각만으로도 설레고, 보면 설레고, 먹으면 설레고,
들으면 설레고, 냄새로 설레고…
나를 설레게 하는 게 나에게 불로초입니다.
"만약 무엇이 된다면" 조건이 맞아서 설레는 게 아니라
지금 바로 나를 설레게 하는 것 찾아보세요.

그리고…

지금보다 잘 살고 싶으면

내 감정과 내 생각을 내가 기분 좋아지게 하세요.
더 이상 시간낭비하지 마세요.
지식이 배움이 필요한 게 아니라 깨어있음이 필요합니다.
나를 긴장시키지 마세요.
실생활에서 필요한 것들을 바로 하세요.
'지금'에 머물면 행복해집니다.
'지금'을 떠나면 삶이 고통스러워집니다.
지금이 힘들면 물건도 감정도 몽땅 버리세요.
정신이 번쩍 나며 '지금'이 체험됩니다.
중요함의 우선순위가 바뀝니다.
'지금' 내가 좋아져야 모든 게 좋아집니다.

나누는 삶의 비결

좋은 것 밝은 것만 생각하세요.

힘들게 사는 사람에게 꿈을 물어보면 불쌍한 사람 돕고 싶다고 해요.

그 생각과 마음으로 인해 본인의 인생이 불쌍한 인생으로 살게 됩니다.

축복받은 인생으로 사세요.

복의 통로로 사세요.

남들이 닮고 싶어하는 인생으로 사세요.

풍부하게 살면서 나누는 삶으로 사세요.

주는 기쁨을 맛보세요.

내 의지로 내가 하려 하면

긴장이 됩니다. 금세 피곤해집니다.
일이 아닌 스트레스가 됩니다.
지치게 됩니다.
내 한계에 끊임없이 도전해야 합니다.

꿈은 갖되 내 의지를 포기하면 즐거워지고 저절로 됩니다.
꿈꾸며 즐겁게 삽시다.

마음도 나이에 따라 변한다

어릴 때는 하고자 하는 마음으로
나이 들면 주고자 하는 마음으로
이렇게 바뀌어야
하늘의 복을 받게 됩니다.

유유상종 에너지

내 수준으로 생각하지 말고
하나님 수준으로 생각합시다.
작은 것에 연연하지 말고
큰 뜻을 갖고 신나게 삽시다.

고차원 에너지를 가까이 하세요.
공명이 일어납니다. 내 차원도 높아집니다.
의식의 차원이 높아지면
사소한 일에 신경 쓰이지 않아
매순간 즐겁게 살 수 있습니다.
내 의지로 하려고 애쓰지 마세요.
내 꿈에 정신집중하세요.
지금 마음이 가벼우면
우주에서 내 꿈을 도와줍니다.

촉감, 감촉에 대하여

누구에게나 바로 영향을 줄 수 있는 게 신체의 감촉입니다.
따스하고 부드러운 감촉이 만지는 순간
바로 뇌가 이완되고 혈액순환이 잘 되어
기분이 좋아집니다.

기분이 좋다는 것은 에너지가 잘 분배된다는 것
그래서 정신 에너지를 사용할 수 있게 됩니다.
백토의 부드러운 질감이 우는 아이들을 멈추게 하는 이유입니다.

차원이 높아질수록 가볍고 빛이 난다

나에게 진실로 이로운 것들은 나를 가볍게 해줍니다.
나에게 좋은 옷은 입으면 가볍고
음식도 먹으면 든든하지만 가볍고
길도 좋은 길은 걷기가 가볍고
하늘의 기운을 갖은 것들은 가볍고 윤이 납니다.
차원이 낮아질수록 무겁고 칙칙합니다.

살아오면서 만든 지금의 생각, 감정, 오감에서 벗어나려면
우선 가벼워져야 합니다.
가벼워지면 현실 너머 꿈이 보이고 믿어집니다.
다 버려야 하는 이유입니다.
지금 가벼워져야 꿈을 꿀 수 있기에.

전체의 이익을 위한 일은 가볍고 즐겁다

의식이 높아지면 주려는 마음이 들며 전체가 보입니다.

의식이 낮아질수록 나와 내 주변만 보이며
나의 필요만 채우려 하게 됩니다.
노력의 땀과 시간, 돈이 필요하게 됩니다.

의식이 높아지면 생각만으로도 현실이 됩니다.
전체를 위하고 뜻을 갖고 하는 일은 가볍게 즐겁게 하게 됩니다.
나의 이익을 위해 하는 일은 생각이 작아집니다.

하려고 하지 마세요. 애쓰게 됩니다

단순히 원하는 것을 명확히 아시고
원하는 것을 그냥 바라보세요.
기분 좋아질 때까지 생각하세요.
자연히 이루어집니다.

현재를 인식하면

현재를 인식하면 밥 먹을 때 먹는 것에 의식 집중됩니다.
매 순간 의식 집중되어 최선을 다하게 됩니다.
청소도, 요리도, 그때그때 즐거운 마음으로
깨달음이란? 현재를 인식하는 것입니다.
내가 해야 할 일 즐거운 마음으로 하는 것.
힘에 부치면 기도해가며…
억지로 하면 결과가 마음에 안 들게 됩니다.
사람의 얼굴은 마음의 결과로 드러납니다.
내가 사는 공간을 가꾸고 내 마음을 가꾸고 밝게 살면
만사형통하게 됩니다.

세상 살아가는 데 필요한 지식

감사하라

기뻐하라

기도하라

그뿐

순수함이 우리의 감정을 정화시켜 줍니다.

마음이 정화되면 세상이 아름다워 보이기 시작합니다.

보이는 대로 내 앞에 새로운 세상이 펼쳐집니다.

아름답고 풍요로운 세상이 나에게 옵니다.

현재가 힘들다면

당장 필요한 것 외에 다 버리세요
텅 빈 공간이 생겨
마음이 홀가분해지면
현실로 풀립니다.
물건이 가치 있는지
내 마음이 가벼워져서 삶이 즐거워지는 것이 가치 있는지
선택하세요.

여유

뜻을 세워 세상을 이롭게 하는 일에는
초지일관할 수 있어 하늘이 감동해서 도와줍니다.
보이는 세상 쫓다 보면 보이긴 하는데
항상 조금 부족해 보여 쫓아가다 몸과 마음, 정신까지 놓치게 됩니다.

오늘도 간결하게 여유롭게 감사하게

절약하는 데 애쓴다면

•

몸이 고달파집니다.
즐거움이 작아집니다.
생각이 작아집니다.

• •

염치없이 살면 가난해진다

받으려 하지 말고 주고자 하며 살자.

줄 수 있는 풍족한 삶이 된다.

감정이 쌓이면 마음이 무거워진다

잠을 잘 자고 기운이 충만 되면
감정이 풀립니다.
가장 빠른 길…
밥을 사세요.
꽃을 사세요.
조건 없이 주세요.

집을 안 가꾸고 마음공부 하는 건
모래 위에 집 짓는 것과 같다

내 집을 가꾸고
내 마음을 가꾸고
내 생각을 가꾸고
내 언행을 가꾸고
내 마음에 드는 나로 변해갑니다.
내 마음에 드는 삶을 살게 됩니다.

가치있는 삶

행복을 위해 달려가는 것이 아니라 지금 행복한 것을 원합니다.
성공을 위해 참고 노력하는 것을 원하는 게 아닙니다.
지금! 내 모습을 알아차리고 인정하면 행복해집니다.
성공은 정상을 향해서 도착하면 또 내리막길
행복은, 지금부터…

시크릿을 해도 안 되는 이유

내 상태가 안 변해서.
원하는 것을 기대하고 상상하면 기분이 좋아져야 되는데(밝음, 가벼움, 상
쾌함)
관념적인 생각을 바꾸려 노력하고 애쓰면서 마음이 힘들어져
애쓰고 살아야 하는 더 힘든 상황이 올 수도 있기 때문입니다.

아름다운 것을 보고 느끼고 순리적으로 가면 될 것을
내가 만든 한계 없애려 내가 하려고 노력하며 내가 더 강해져
내가 극복해야 될 일들이 줄줄이 생기기 때문입니다.

아름다운 것을 보고 즐기면,
내 상태가 가벼워지면 되는 간단한 것을…
나는 할 수 없다. 하지만 나는 원한다.
원하려면 내 신념이 내 삶이 떳떳해야 가능합니다.

일이 다 될 때까지 안심하지 마세요

되기 전 안심하면 일이 마무리가 안 됩니다.
'일어섰다고 하는 순간 넘어진다'라는 성경의 말처럼
항상 조심하며 현재에 최선을 다하면 만사형통해집니다.
마음 가는 대로 따라하세요. 머리로 궁리하지 말고.

정상에 오르려면

누구나 정상을 바라볼 수는 있지만
가는 길을 제대로 알아야 정상에 도착할 수 있다.
최고로 빠르게 도착하려면
우선 기분 좋게 하여 에너지 충만하게 해야 한다.
도착했을 때의 느낌을 지금 느껴야 한다.
어느 사이 도착…

아름다운 것은 감정을 순화시켜 줍니다

마음이 비워지면 행복해지는데
세상은 이래야 한다, 저렇게 해야 한다 하고…
자기만의 잣대를 강조하는 사람들
애쓰지 마세요.
집착이 생깁니다.
사소한 일들에 마음 뺏기지 마세요.
아름다운 것들을 바라보세요.
행복해집니다.
단순명료한 사실입니다.

고파동

•

정신집중하면 안될 일이 없는데
정신집중하기 위한 정결한 환경과 높은 이상 외에
다른 데 분주하지 맙시다.
심플함, 명쾌함, 청결함이 우선 중요

• •

고차원 에너지는 우리의 주의력을 집중시켜준다.
그 결과 정신이 안정되어 몸도 마음도 편안한 상태가 된다.
집중하는 사이 습관적인 생각도 정지된다.
고차원 에너지는 뇌의 휴식공간을 만들어준다.

• • •

고귀한 생각은 고파동의 에너지라
다른 에너지가 섞일 틈이 없어 그 일이 이루어진다.
저급한 생각은 저파동이라
끊임없이 다른 생각 감정이 섞여 그 일이 이루어지기가 어렵다.
그래서 상대에 유익한 일을 해야 되는 이유
일이 이루어져 기뻐지면
내 상태가 고파동 상태가 되어 나의 일도 잘 된다.
항상 기뻐하고 쉬지 말고 기도하면 고파동 상태가 된다.

행복한 아침

새날의 시작. 아침. 감사합니다.
사랑합니다. 모든. 살아있음에.

마음

마음 안 가는 일 억지로 하지 마세요.
마음은 생명의 근원입니다.
마음이 가벼워지면 매사가 잘 풀려요.
내 마음 상태가 현실의 내 모습입니다.

스스로에게 관심을 가져보세요

밖으로 향해 있던 관심을 나에게로 돌려주세요.
긴장된 몸과 마음을 알아채어 보세요.
부드럽게 마사지해주세요.
생각의 마사지
부드럽게 터치해주세요. 몸과 마음을
스스로 행복해집니다.

꿈을 이루려면

단순히 원하던가
내 의지로 노력해서 성취하던가
두 가지 방법이 있습니다.
각자 맞는 방법으로 하면 됩니다.

아침에 저절로 눈이 떠지게 사세요

예전 소풍갈 때, 아침에 저절로 눈이 떠진 기억나세요?
매일 아침 눈이 저절로 떠지게 사세요.
오늘을 기대하며… 그 전에, 집안청소부터
너무 피곤하게 살지 마세요. 심플하게 품위있게 사세요.
지금 안 쓰는 건 다 없애세요. 공간의 여유가 생겨요.
꼭 필요한 만남, 배움 외엔 다 관두세요. 시간이 여유로워집니다.
지금 꼭 필요하지 않으면 돈 쓰지 마세요. 돈에 여유가 생겨요.
미래가 더욱더 풍성하게 됩니다.

최상의 의식수준은

항상 감사하며 사는 것!
감사하게 되면 마음이 풀어져 즐거워집니다.
삶이 내 마음에 들면 즐거워지겠죠!
마음은 '현재'를 나타냅니다.
즐거운 마음이 즐거워할 결과를 만들어냅니다.
현재가 마음에 안 들더라도 감사해보세요.
마음이 즐거워져요.
그리고 삶이 기적처럼 풀리기 시작해요.

마음 가는 일을 하세요

심기혈정
마음 가면 기운이 가고 피가 흐르며 정이 모인다.
마음 가는 일을 하면 우주 에너지가 도와준다.

부정적인 감정이 풀려야 인생이 풀립니다

부정적인 감정이 풀리려면?
쉬지 말고 일하세요. 건강해야 함.
쉬지 말고 기도하세요. 신앙이 있어야 함.
고차원적인 에너지를 가까이 하세요. 안목이 있어야 함.
부드러움과 따뜻한 에너지가 어두운 감정을 녹여줍니다.

하늘의 기운과 함께라면

일단 내 상태를 최대한 가볍게 하세요.
그 다음 원하는 것의 결과를 상상해보세요.
상상하며 기분 좋은 느낌에 함께 하세요
기분 좋은 생각 아니면 몰라 하세요.
하늘의 가볍고 기분 좋은 기운과 함께 하세요.
무거운 땅의 기운은 많아질수록 더 무거워집니다.
하늘 기운은 많아질수록 더 가벼워집니다.

인간답게 살고자 교육받고
신답게 살고자 비워내고

교육을 통하여 사람답게 사는 법을 배웁니다.
배운 것을 비워내며 신답게 살고자 합니다.
배우고 배울 때는 살아있음에 기쁨
비우고 비울 때는 조건 없이 감사

풍요로움 원하세요?

정신이 맑아져서 통찰력이 생기면
바른 판단하게 되고 좋은 결과로 인해 삶이 윤택해집니다.
깨끗한 공기, 심플한 공간 등 정신이 살아나는 주거공간이 필수입니다.

내 생각을 믿고 결단하세요

세상일에 분주해지면 결단할 순간의 여유도 없어 지고
계속 배우고 배우며 애쓰다 세상의 종처럼 살아가게 됩니다.
보이는 세상에 정신을 잃지 말고 내 신념으로 살아가면 됩니다.
차분한 마음으로 원하는 생각을 지키세요.
원하는 것을 얻으려 쫓아가지 마세요.
쫓다보면 분주해지고 정신을 잃어 건강도 물질도 잃게 됩니다.
체험 외에는 이해할 수가 없어요.
내 생각을 지키면, 여유가 생깁니다.

생명이 움트는 봄

봄의 생명을 집안으로 불러오세요.
집안에 좋은 에너지로 채워주세요.
저절로 복이 들어옵니다.

한 달에 한번이라도 가까운 분들 초대하여
기분 좋게 음식장만하여
즐거운 시간을 가져보세요.
기쁨이 몇 배가 되어 나에게 돌아옵니다.

복잡하고, 어두운 내용의 TV 연속극 절대 보지 마세요.
머리가 복잡해져 생각도 복잡해지고 삶이 복잡해집니다.

쓸데없는 이야기도 하지 마세요.
쓸데없는 걱정, 근심이 생깁니다.
심은 대로 거두게 됩니다.

집안의 화학제품 사용을 자제하세요. 특히 본드를 사용하는 벽지, 장판, 나무바닥 등 나무처럼 무늬만 되어 있는 필름코팅된 제품 등에서 나오는 유해가스가 공기 중 미세 먼지와 같이 섞여 내 피부, 몸속에 들어와 호흡기 장애, 순환기 장애를 일으켜 생각이 어두워져 고집만 세집니다.

가짜는 절대 사용하지 마세요. 가짜 만드는 사람이 갖고 있는 불안한 마음이 사용하는 사람에게도 전염되어 이유 없이 마음이 불안해지며 마음이 가는대로 현실이 불안해집니다. 불안한 마음이 불안한 현실창조가 됩니다. 마음은 쉽게 전염됩니다.

아파트 간 층간소음 없애려면

아이들에게 생활예절을 가르치세요.
예절은 본인과 상대방 서로에게 필요합니다.
예절을 지킴으로써 몸과 마음이 따뜻해집니다.
몸이 차가워지면 면역력도 떨어지고 화도 잘나 결국 삶이 힘들어집니다.
잘 살려고 애쓰지만 제대로 방향을 잡지 않으면
소득 없는 힘든 삶을 살게 됩니다.
잘못된 방향에 속도가 붙으면 위험합니다.
몸과 마음이 따듯하고 정신이 맑아야
제대로 된 판단과 방향을 잡을 수 있습니다.
삶의 우선순위는 몸과 마음, 정신의 건강입니다.
그래서 나와 상대의 유익을 같이 생각해야
마음이 편해져 몸이 따뜻해집니다.

심신의 안정

음식도 정성이 들어가야 마음의 위안이 됩니다.
아이들도 6살이 될 때까지 부모의 사랑을 듬뿍 주면
심신의 안정이 되어 배우는 지식이 지혜로 바뀌게 됩니다.
자연을 가까이 하고 실컷 놀게 하세요.
신나면 혈액순환이 잘 되 에너지가 충분해집니다.
에너지 키우는 것이 우선입니다.
에너지가 있어야 공부도 재능도 키울 수 있고
심신이 안정이 돼야 지속할 수 있습니다.

가정의 소중함

화목한 가정이 절실합니다.
세상에서 힘들고 지쳐도 집에 들어오면 쉴 수 있고
서로 위로해주고, 정성으로 만든 음식 먹으면
세상을 살아갈 힘이 납니다.
돈 벌려고 너무 무리하지 마시고
가정을 가꾸기에 마음을 다해보세요
지금보다 훨씬 행복해지고 풍요로워집니다.

'이 정도면…'이 아니라 '내 마음에 쏙 들어'로 하고 사세요.

내가 행복해지는 집에서 내 생각의 결과를 바라볼 수 있습니다.
마음이 행복하지 않으면 이 궁리 저 궁리 하다 악심만 생깁니다.
나를 급하게 몰고 가는 일, 생각들은 결과가 위험합니다.
'바로 이거야'에 속지 마세요.
고요한 확신이 마음에 드는 결과로 드러납니다.

행복하게 살려고 태어났는데

삶을 누리며 즐기는 게 습관이 안 되어
쉬면 불안해하고 애써서 땀 흘리면 안심하고
감사하고 신나서 기운나면 힘껏 결단하면 다 되는데
왕처럼 명령하고 살 수도 있는데
종처럼 열심히 병들 때까지

내 옳은 신념 지키고 하늘에 감사하고 결단하면 되는데
내가 나를 알아주면 되는 것을
내가 신나면 되는 것을

#7

부드럽고 편안한

에너지 백토

백토

맑은 빛을 내는 부드러운 점토성 광물

땅의 안정된 기운과 하늘의 맑은 기운을 가져

그 에너지가 우리에게 전달된다.

흙을 가까이 하면 행복 호르몬이…

흙을 가까이 하면 행복 호르몬이라고 하는
세로토닌 호르몬이 우리 몸에서 분비된다고 합니다.
세로토닌 호르몬이 분비되면 행복감을 느끼게 되고
충분하다는 만족감을 느끼게 됩니다.
우리가 지금보다 잘 살기 위해서는
지금! 충분해! 이 생각이면 충분합니다.
부족하다는 생각을 갖고 아무리 애쓴들 결국은 부족한 현실이 됩니다.

완벽함이란 더 이상 더할 것이 없는 상태가 아니라
더 이상 뺄 것이 없는 상태를 말한다. ― 생떽쥐페리

세로토닌의 3대 기능은
평상심 유지, 주의집중력과 기억력 향상, 생기, 의욕, 활력의 원천이며
대뇌 변연계 활성화와 창조적인 활동에 중요한 역할.

세로토닌 결핍증상은
거식증, 우울증, 공황장애, 강박증, 불안장애, 조울증

백토의 가치는

순수함

...편안함

부드러움...

생기

좋은 백토

땅의 안정된 기운을 갖고 있는 백토 에너지는
질감이 부드럽고 윤이 납니다.
특히 어린아이들이 좋아하는 이유는 백토의 부드러움 때문입니다.
촉감은 누구나 느낄 수 있는 거라
피부에 발라주면 바로 기분 좋아집니다.
아이들이 엄마를 좋아하는 이유가 부드러운 피부접촉 때문이라고 하듯이
백토의 부드러움에 마음이 안정되어 안심하게 됩니다.
에너지가 많을수록 부드럽고 윤이 납니다.
에너지 많은 어린아이 피부도 부드럽고 윤이 나듯이
나이 들어 기운이 없어질수록 거칠고 칙칙해지지요.
흙도 백토도 피부도 마찬가지예요.

백토 공간

하나님은 무한한 밝은 에너지
기도는 하나님에게 연결되는 통로
진심을 다한 기도는 하나님이 해결해준다.

백토 바른 신선한 공간에서는
몸, 마음, 정신이 차분해져
기도집중이 잘 된다.

내가 쉴 수 있는 휴식공간 만드세요

인간은 그 자체로 완벽하기 때문에
푹 쉬어서 기운 나고 정신까지 맑아지면 완벽해집니다.
정신이 맑아질 수 있는 푹 쉴 수 있는 공간.
체험으로 외에는 알 수 없습니다.
백토공간 만들어 체험해보세요.

정신이 차분해지는 백토공간

백토 도자기로 만드는 백토 지장수

백토로 만든 도자기류

백토 도자기로 만든 액세사리

백토 커튼과 이불

백토 현미 파니니

백토 현미 단팥

백토 에너지 포크

백토 실크 이불

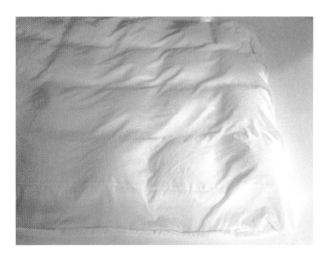

Epilogue

풍요로운 삶은 쉽습니다

풍요로운 삶을 살기는 무척 쉬운 일입니다.
원하는 것만 생각하는 겁니다.
우리가 감정의 지배를 받지 않으려면
주의력을 '지금'에 집중하십시오.
'지금 이 순간'입니다.
'찰나가 지닌 힘'을 느껴보세요.

주의력을 '지금'에 집중하는 순간
당신은 고요함과 평화를 느끼게 됩니다.
진리란 노력이 필요한 것이 아닙니다.
깨닫고자 노력하고 보기 위해 노력하는 그 자체가
우리를 진리에서 멀어지게 할 뿐입니다.
아무런 노력 없는 가운데 자연스럽게 보고, 듣고, 느끼는 것
'지금 여기'에 온전히 집중하십시오.
하나님께서 당신에게 원하는 것은
'그렇게 노력하는 것조차 멈추고 항복하십시오'
애쓰지 마세요.

애쓰지 마세요

풍요로운 삶을 위해 우리에게 꼭 필요한 말

초판 1쇄 인쇄 2014년 10월 21일
초판 1쇄 발행 2014년 10월 25일

지은이 김계숙
펴낸이 윤주용

펴낸곳 초록비책공방
출판등록 2013년 4월 25일 제2013-000130
주소 서울시 마포구 성미산로 5길 23
전화 0505-566-5522   팩스 02-6008-1777
메일 jooyongy@daum.net

ISBN 979-11-951742-6-3 03810

* 정가는 책 뒤표지에 있습니다.